# CARTES POSTALES DU MONDE

Pour Anna et Camille.
A. C.
Pour Louise.
M.

**NOUS SOMMES TOUS DIFFÉRENTS,
DONC TOUS EXCEPTIONNELS.**

PROVERBE ARAMÉEN

 Qu'as-tu pensé de cette aventure des Kinra Girls ?
**Donne ton avis** sur http://enquetes.playbac.fr
en saisissant le code 649437
**et gagne un livre** de la même collection
(si tu fais partie des 20 premières réponses).

Éditions Play Bac, 14 bis, rue des Minimes, 75003 Paris ; www.playbac.fr

# CARTES POSTALES DU MONDE

**MOKA**

ILLUSTRATIONS
**ANNE CRESCI**

**playBac**

**KINRA girls**

**KUMIKO**

**IDALINA**

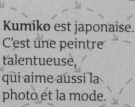

**Kumiko** est japonaise. C'est une peintre talentueuse, qui aime aussi la photo et la mode.

**Idalina** est espagnole. Elle joue de la guitare et c'est une superbe chanteuse de flamenco.

**NAÏMA**

**RAJANI**

**ALEXA**

Naïma est afro-
méricaine. Son père
st américain et sa
ère vient d'Afrique.
e cirque est sa
assion.

**Rajani** est indienne.
Elle adore danser,
surtout les danses
traditionnelles
de son pays.

**Alexa** est
australienne.
Elle monte à cheval
et souhaite devenir
championne
d'équitation.

# À L'ACADÉMIE BERGSTRÖM

**JOHANNIS**
ami

**TONINO**
ennemi

**M. MEYER**
le directeur

**EMMA**
l'infirmière

**LE DOCTEUR**

# LA FAMILLE DE NAÏMA

**ADELAÏDE**
sa tante

**SADIO**
son oncle

**ALIXOSI**
sa grand-mère

**SIKA**
fille d'Adelaïde

**ZANSI**
fille d'Adelaïde

**ZOSOU**
fils d'Adelaïde

**BILALI**
fils de Sadio

# LA FAMILLE D'IDALINA

**PALOMA**
sa sœur

**ESTRELLA**
sa mère

**LUZ**
sa tante

**PABLO**
son amoureux

# LA FAMILLE ET LES AMIS D'ALEXA

**DAN**
son père

**JOSEPHINE**
sa mère

**BEN**
son frère

**JIMMY**
son amoureux

**YVONNE**
mère de Jimmy

**DJALU**
oncle de Jimmy

**PETER**
ami de Djalu

# LA FAMILLE DE RAJANI

**KARISMA**
sa grand-mère

**IQBAL**
son père

**INDIRA**
sa mère

**PARMINDER**
la cuisinière

**VIDYA**
la femme
de ménage

# LA FAMILLE DE KUMIKO

**CHOJIRO**
son père

**NIJIMI**
sa mère

**MAHO**
sa tante

**BUKKO**
son grand-père

**KIKU**
sa grand-mère

# Juste avant le départ

Naïma se frotta le bras à hauteur de la piqûre puis regarda Emma, l'infirmière de l'Académie Bergström. Emma lui adressa un sourire encourageant. Naïma était impressionnée par le médecin aux cheveux gris qui lui parlait en pointant l'index vers elle.

– Voilà, tu es vaccinée contre la fièvre jaune, dit le médecin. Maintenant tu m'écoutes attentivement, ma petite. C'est sérieux. Le paludisme est une maladie terrible qui tue beaucoup de gens. Tu devras prendre ton médicament tous les jours. Mais attention ! Aucun médicament ne protège complètement contre l'infection. C'est pourquoi tu devras aussi faire très attention à ne pas être piquée par les moustiques.

– Les... les moustiques ? répéta Naïma.

– Les moustiques transmettent le paludisme, expliqua le médecin. Voilà ce qui arrive : un moustique pique une personne malade et après il va piquer quelqu'un d'autre, et c'est comme ça que les maladies se propagent. Tu devras porter des vêtements larges et mettre de la citronnelle sur ta peau pour éloigner les moustiques. Et surtout, il faut que

tu dormes sous une moustiquaire,
une espèce de filet très fin qui empêche
les insectes de passer.

Le médecin posa la boîte de médicaments
sur la table.

– Tu dois prendre le premier comprimé
un jour avant ton départ. Je te reverrai
à ton retour.

Puis, s'apercevant que Naïma était effrayée,
il lui tapota gentiment la tête.

– Allons, allons ! Ne t'inquiète pas !
Si tu suis mes conseils, tout ira très bien !

– Merci, docteur, répondit Naïma
timidement.

Emma discuta encore quelques minutes
avec le médecin, puis celui-ci prit congé.
Elle rit en refermant la porte.

– C'est qu'il ferait presque peur !
s'amusa-t-elle.

– C'est vrai que c'est aussi dangereux,

les moustiques ? demanda Naïma.

Emma acquiesça.

— Ici, tu ne risques rien, les moustiques sont inoffensifs ! Malheureusement, dans certains pays d'Afrique, d'Asie et d'Amérique du Sud, de nombreuses personnes sont atteintes de paludisme. C'est une maladie qu'on ne réussit pas à éliminer parce que les gens n'ont pas les moyens de se soigner correctement. Et pour se débarrasser des moustiques, il faut tellement d'argent que les pays pauvres ne peuvent pas le faire.

— C'est nul, les riches pourraient les aider ! se révolta Naïma.

— Ils essaient mais, quand il y a des millions de malades et des milliards de moustiques, c'est très difficile !

— Je ne sais pas si je veux encore partir... murmura Naïma.

– Ne sois pas bête ! s'exclama Emma.
Je suis sûre que tu garderas de merveilleux souvenirs de ton voyage ! J'espère que tu m'enverras une carte postale !

– J'y penserai, promit Naïma qui se frottait toujours le bras. Ça fait mal, cette piqûre...

En quittant l'infirmerie, Naïma songeait aux incroyables événements qui s'étaient produits la semaine précédente. Tout avait commencé le lundi matin. Idalina avait reçu un appel de sa grande sœur Paloma. La petite Espagnole savait déjà qu'elle partait en Allemagne pour les vacances de Noël. Sa mère et sa tante, deux célèbres danseuses de flamenco, l'y attendaient.

Mais Idalina ignorait jusque-là que sa sœur adorée les rejoindrait à Berlin ! Le bonheur d'Idalina faisait plaisir à voir. Le mardi, ce fut au tour d'Alexa d'exploser de joie. Elle rentrait en Australie pour les vacances ! Le mercredi… Kumiko reçut son billet d'avion pour le Japon. Le jeudi… Rajani annonçait à ses amies qu'elle retournait également chez elle, en Inde.

Hélas, pour Naïma, pas de Noël à la maison. Ses parents ne pouvaient pas lui payer un billet d'avion. Elle resterait à l'Académie

Bergström. Naïma ne voulait pas gâcher
le plaisir de ses amies, alors elle avait
prétendu que ça lui était égal. Les vacances
seraient vite passées et, de toute façon,
elle n'était pas la seule élève dans ce cas.
Elle aurait des camarades de classe pour
lui tenir compagnie.

Mais le vendredi... le directeur de l'école
avait convoqué Naïma. Celle-ci n'avait
aucune idée de ce qui se tramait et elle
était anxieuse en entrant dans le bureau.
M. Meyer tenait une enveloppe dans les mains.

– Tiens, avait-il dit, c'est pour toi.

Naïma avait pris l'enveloppe. Et le nom
du pays sur le timbre l'avait fait frémir :
République du Bénin ! La lettre venait de
sa tante Adélaïde ! Naïma était tellement
excitée qu'elle ne la lut qu'à moitié. Elle
n'avait d'yeux que pour les deux billets
d'avion qui accompagnaient la lettre.

– Ma tante m'invite au Bénin ! Monsieur !

Je vais découvrir le pays de ma maman !

M. Meyer avait souri. Puis l'avait prévenue qu'un médecin viendrait la voir car il y avait quelques précautions à prendre quand on voyage dans cette partie de l'Afrique.

Les jours qui suivirent, Naïma les avait vécus comme dans un rêve. Adélaïde lui avait écrit que les membres de sa famille avaient économisé afin de la faire venir. Naïma n'avait jamais rencontré ses grands-parents, ni ses tantes et ses oncles, ni ses innombrables cousins. Bien sûr, elle leur avait parlé au téléphone et connaissait leurs visages grâce aux photos. Mais penser qu'elle allait les voir EN VRAI lui donnait envie de pleurer tout autant que de rire.

Idalina et Alexa attendaient leur amie dans le hall. Naïma leur raconta la visite du médecin.

– Ah oui ! s'exclama Alexa, hilare. C'est ce docteur sinistre qui m'a soignée quand je suis tombée en sautant la barrière du pré ! Quoi, vous ne vous souvenez pas ?

– Tu prends tellement de gamelles qu'on s'y perd, remarqua Idalina.

– Oui, bon… Enfin, de temps en temps, ce docteur remplace celui qui est sympa. Quand il vous ausculte, on a l'impression qu'il va vous annoncer votre mort prochaine. Faut pas t'en faire, Naïma.

– Peut-être, répondit Naïma, n'empêche que le paludisme, ce n'est pas une plaisanterie.

– Vous saviez que l'Australie est le seul pays tropical du monde où il n'y a pas de maladies tropicales ? dit Alexa. En revanche, nos moustiques sont des monstres. Ils sont capables de te piquer au travers d'un jean !

– Des monstres ? répéta Idalina.

À t'écouter, il n'y a que ça en Australie !

– Ben oui, c'est le cas… acquiesça Alexa.
Je vous ai déjà parlé des sangsues qui
vous sucent le sang pendant que vous
marchez sur les chemins ?

– Les sangsues, ça ne vit pas dans l'eau ?
s'étonna Naïma.

– Pas seulement. À côté de chez moi, il y a
des zones marécageuses. Dans les hautes
herbes, il y a plein des sangsues. Ce n'est
pas dangereux, c'est juste dégoûtant !

En parlant, les trois filles se dirigeaient
vers la cafétéria. Rajani et Kumiko
les y avaient devancées

et sirotaient déjà leur chocolat chaud.

– Ça me fait plaisir de partir pour le Bénin, dit Naïma en s'asseyant, mais je suis triste de ne pas passer Noël à la maison. Mes frères me manquent. Je pourrai leur écrire de là-bas ! Tiens, ça me rappelle que j'ai promis à Emma de lui envoyer une carte postale...

– Eh ! C'est une super idée ! s'exclama Kumiko. On pourrait se raconter nos vacances en s'envoyant des cartes postales... électroniques !

— Par Internet ? demanda Rajani. Alexa,
toi et moi, on peut, oui. Idalina ?

— Ma sœur a un de ces téléphones
portables qui font tout sauf la cuisine,
répondit Idalina en riant. Elle me
le prêtera !

— Je sais que ma tante a un ordinateur,
dit Naïma. Elle dit tout le temps à maman
qu'elle devrait en acheter un parce que
les e-mails, ça coûte moins cher que le
téléphone. Donnez-moi vos adresses
électroniques. Je me débrouillerai !

— J'adore ! conclut Kumiko. Comme
ça, on sera encore un tout petit peu
ensemble même si on est séparées
par des milliers de kilomètres !

*Chapitre 2*

# Carte postale d'Allemagne

**De : Idalina**
**À : Les Kinra Girls !**

Hello, les Kinra Girls !
Ou plutôt, *Guten Tag*, car c'est comme
ça qu'on dit « bonjour » en Allemagne.
C'est moi, votre Espagnole préférée. Alors,
d'abord, il faut que je vous raconte mon
voyage. Vous savez que je suis toujours
malade en avion. Et qu'en plus j'ai la trouille…
Dans la salle d'attente de l'aéroport,
j'essayais de me rassurer en pensant

que le trajet ne durerait pas longtemps quand quelqu'un s'est assis à côté de moi. Vous devinez qui ? Johannis ! J'étais surprise parce que je ne l'avais pas vu dans mon car. (Il se trouvait dans un autre parce qu'il n'y avait pas assez de place dans le mien pour tous les élèves qui partaient ce matin-là.) J'avais complètement oublié que Johannis était allemand. Il habite à Berlin, mais il passe Noël chez ses grands-parents en pleine campagne. Il est trop gentil, Johannis. Au décollage et à l'atterrissage, il m'a tenu la main. Le pauvre ! J'ai serré si fort qu'il a dû avoir mal ! Pendant le vol, Johannis m'a appris à jouer aux échecs. Dans son sac à dos, il avait un petit échiquier avec des pièces minuscules. Et pour que les pièces ne tombent pas sans arrêt, elles sont aimantées. C'est pratique et assez rigolo. En revanche, qu'est-ce que c'est compliqué,

ce jeu ! Je ne suis pas franchement douée.
Comme dit Johannis : Chacun son talent,
moi, je suis nul en musique ! (En fait, ce n'est
même pas vrai, Johannis, il est bon en tout.)
Du coup, le voyage m'a paru super court.
J'étais triste de quitter Johannis. Ses parents
sont venus le chercher et moi, j'ai retrouvé
ma Paloma chérie !

Ah, un mot pour Alexa. À Berlin, il neige !
Les flocons sont si gros qu'on a l'impression
qu'ils vont vous assommer. Mais ils sont
légers, légers… et terriblement froids !
Tu adorerais ça, Alexa.

Je ne vois maman et tante Luz qu'après
leur spectacle du soir. Elles vivent la nuit,
dorment le matin et répètent l'après-midi.
J'ai l'habitude, c'est comme en Espagne.
Paloma chérie et moi, nous partageons une
chambre à l'hôtel. C'est agréable parce qu'on
peut s'échanger nos secrets. Bon, je sais que

ça va vous fâcher si je vous avoue que j'ai parlé de Tonino avec ma sœur (et que j'ai un peu pleuré). Je suis contente de m'être lancée. Paloma m'a fait une confidence aussi : elle a un copain à l'université. Il suit des études de médecine, comme elle.
Il s'appelle James, ce qui n'est pas du tout un nom espagnol. Sa mère est américaine. Paloma m'a montré sa photo, il est trop beau !
Ce que c'est bien d'avoir une grande sœur !
Berlin me fait beaucoup penser à Séville.
À part que Berlin, c'est beaucoup plus grand que Séville, qu'il neige, et que les monuments

sont très différents. Oui alors, évidemment,
dit comme ça, on peut se demander en quoi
les deux villes se ressemblent. Mais c'est
à cause de la fête ! Chez moi, il y a la *feria*[1]
en avril. Ici, il y a les marchés de Noël !
Et je vous jure que c'est presque pareil !
Il y a plus de soixante marchés dans toute
la ville. Dans certains, on trouve des chalets,
dans d'autres des tentes pointues qui me
rappellent les *casetas*, les tentes en toile
rayée de la feria. À Séville, on accroche
des lampions multicolores. À Berlin,

1. Feria *(en espagnol) : fête locale annuelle en Espagne
et dans le sud de la France, caractérisée par des corridas
et des lâchers de taureaux dans les rues.*

ce sont des milliers de guirlandes lumineuses. On a l'impression d'être dans un gigantesque sapin de Noël ! Ce qui m'a amusée, c'est qu'il y a des calèches ici aussi, comme pendant la *feria* !

Dans les *casetas*, on mange, on boit et on chante. Dans les marchés, on achète des jouets en bois, des bougies ou des décorations de Noël. Là, c'est différent, c'est vrai. En revanche, on mange et on boit autant à Berlin qu'à Séville ! Sauf que ce n'est pas du tout le même genre de nourriture. Vous connaissez ma passion pour les langues étrangères. (Remarque pour Kumiko : l'allemand, c'est drôlement dur, mais moins que le japonais !) Je vous ai fait une petite liste, histoire de vous mettre l'eau à la bouche. Les marchands sont sympas et ils m'ont aidée en écrivant le nom de leurs produits sur mon carnet.

Ce qu'on boit : du *Glühwein*. C'est du vin chaud avec des épices. C'est délicieux et ça réchauffe (enfin, moi, je n'ai eu le droit que de goûter).

Les spécialités de Noël : les *Lebkuchen*, petits pains d'épices, et le *Christstollen*, pâtisserie aux fruits confits en forme de pain. J'en ai acheté pour vous ! Autrement, on se promène en grignotant des amandes grillées du Tyrol autrichien (c'est une région montagneuse) ou des *Brezel*, un genre de pâtisserie salée (ça, je n'aime pas).

Les *Weihnachtsmarkt* (marchés de Noël) sont tellement nombreux qu'on peut y passer des jours entiers. C'est féerique sous la neige. Dommage que le froid soit si intense. C'est dur de rester dehors très longtemps.

Voilà pour la visite touristique. Voilà, voilà.
Maintenant, il faut que je vous parle de
ma tante Luz. Elle est toujours aussi fofolle.
Elle est amoureuse de Diego, le guitariste du
groupe. Ça, c'est nouveau... Ce qui est drôle,
c'est qu'ils se disputent sans arrêt pendant
les répétitions. Et après, ils se font des bisous.
Bon. Je dois vous dire la vérité. Ce n'est
pas de Luz que je veux vraiment vous
parler. C'est de Diego. Enfin, pas de lui
exactement. Plutôt des vacances. Enfin, pas
tout à fait. (Désolée, ce que j'ai écrit devient
incompréhensible, c'est que je ne sais pas
comment vous expliquer...) Faisons simple :
parce que c'est les vacances, Diego, qui est
divorcé, a fait venir son fils en Allemagne.
C'est plus clair ? Son fils a 12 ans et il s'appelle
Pablo. Il joue de la guitare comme son papa.
Histoire de se distraire, Pablo et moi, on
a décidé de chanter ensemble quelques

morceaux de flamenco. Ah oui, il chante
aussi. Pablo est gentil et il plaisante tout
le temps. Il me fait beaucoup rire. Dès
qu'il commence une phrase, je la termine.
Et pareil dans l'autre sens. On pense toujours
à la même chose au même moment !
On peut discuter pendant des heures.
Hier soir, on était dans ma chambre.
Paloma était sortie parce qu'elle avait besoin
d'une pile neuve pour son appareil photo.
On attendait son retour pour qu'elle nous
accompagne au spectacle. Pablo grattait
les cordes de sa guitare. Tout d'un coup,
il a déclaré :

– Si j'étais un marin pris dans une tempête,
tu serais mon premier rayon de soleil.

J'ai rien compris. J'ai dû faire une de ces têtes !
Pablo a souri et puis il a ajouté :

– Tu illumines ma vie ! Quand je suis
près de toi, je suis plus heureux que

le héros d'un conte de fées qui épouse sa princesse, je suis plus gai que le rossignol qui salue l'arrivée du printemps, je suis plus joyeux qu'un enfant qui ouvre ses cadeaux d'anniversaire !

Est-ce que quelqu'un vous a déjà dit quelque chose d'aussi beau ? Je me suis sentie tellement bizarre que je n'ai pas réussi à prononcer un mot. J'avais les joues en feu et pourtant j'avais la chair de poule. Pablo a avancé sa main vers la mienne et il l'a serrée. Pendant un long moment, on est restés silencieux à écouter battre nos cœurs. C'est terrible, les filles, je suis amoureuse ! (Oui, encore...) Il y a à peine une semaine, je pleurais à cause de Tonino. Pablo, c'est l'opposé de ce sale menteur, il est honnête, lui. Et je sais que jamais il ne me fera pleurer ! Ce qui est amusant, c'est qu'ils jouent tous les deux de la guitare. Faut croire que je suis

comme ma tante Luz (aïe, ce n'est pas fait pour me rassurer, ça !), qui tombe toujours amoureuse des guitaristes !

Pablo et moi, on s'est promis de s'écrire le plus souvent possible. Ça va être dur d'être loin l'un de l'autre. Mais quand on aime vraiment quelqu'un, peu importe la distance ou le temps. N'est-ce pas, Alexa ? J'ai hâte de vous retrouver, les filles, mais je n'ai pas envie de quitter Pablo. Berlin est la ville la plus romantique du monde ! Pablo et moi, nous nous sommes juré de revenir ici quand je serai une star internationale. Et qu'on sera mariés ! On a bien le droit de rêver, non ?

Bisous, les Kinra Girls, et à très bientôt.
**Idalina.**

*Chapitre 3*
# *Kou abo*

Naïma était à la fête dès qu'elle montait dans un avion. Voler au-dessus des nuages dans un ciel où le soleil brille toujours, quel bonheur ! Et puis, les hôtesses s'occupaient d'elle comme si elle était la fille d'un président. Naïma avait eu droit à une double portion de gâteau. En plus, il y avait un film récent au programme ! Trop bien.

Mais quand son avion amorça la descente vers l'aéroport international de Cotonou, Naïma commença à se sentir anxieuse.

Et si on avait oublié qu'elle arrivait
aujourd'hui ? Et si elle ne trouvait pas
sa tante Adélaïde dans la foule ? Et si elle
ne la reconnaissait pas ? Elle ne l'avait vue
que sur des photos !

L'inquiétude de Naïma disparut dès qu'elle
eut passé la douane. Quatre enfants
sautaient et criaient derrière la barrière
de sécurité. Ils portaient des pancartes
où était écrit : *Kou abo* Naïma !
Sa tante Adélaïde, revêtue d'un

magnifique boubou vert, lui faisait de grands signes. Elle ressemblait tellement à Erzulie, la maman de Naïma, qu'on ne pouvait se tromper. Elle se précipita pour prendre sa nièce dans les bras et l'embrasser.

Les enfants les entourèrent en répétant :

    — *Kou abo ! Kou abo !*

    — Heu oui, dit Naïma, un peu interloquée.

    Merci.

Adélaïde éclata de rire.

– Ils te souhaitent la bienvenue !
expliqua-t-elle. ***Kou abo*** signifie
« salut pour l'arrivée » en **fon**[2] ! Ça va,
tu n'es pas fatiguée par ton long voyage ?

– Non, pas du tout.

Elle n'eut pas l'occasion d'en dire beaucoup
plus. Les enfants lui posaient des milliers de
questions auxquelles Naïma ne comprenait…
rien. Elle se rendit alors compte qu'elle avait
un sérieux problème. Elle ne parlait pas
la même langue qu'eux ! Heureusement,
Adélaïde était professeur d'anglais. Elle
demanda le silence et fit les présentations.

– Voici ma fille aînée qui s'appelle **Sika**
parce qu'elle est née un lundi. Sa sœur
**Zansi** qui s'appelle ainsi parce qu'elle
est née la nuit et mon petit garçon
**Zosou** qui porte ce nom parce qu'il
est né en septembre.

Naïma ouvrit de grands yeux étonnés.

---

2. Fon : l'une des langues parlées au Bénin avec le français,
le yoruba, le dendi, le bariba et le goun.

Sa maman ne lui avait jamais dit que ses cousins portaient des noms qui avaient un sens particulier. De nouveau, Adélaïde éclata de rire.

> – J'ai suivi la tradition quand j'ai choisi leurs noms ! Ah, et puis voilà Bilali, le fils de ton oncle Sadio. Il a le même âge que toi et il parle un peu mieux l'anglais que mes enfants qui sont encore jeunes.

Bilali eut un sourire si gigantesque qu'il lui fendit le visage en deux. Naïma le trouva aussitôt très sympathique. La voiture d'Adélaïde était une camionnette avec une bâche à l'arrière pour protéger de la pluie. Comme il faisait beau, la bâche était roulée. Naïma fut invitée à monter à l'avant. Les quatre enfants s'assirent derrière où il n'y avait pas de sièges.

L'aéroport n'était pas loin du centre-ville. En revanche, la circulation était difficile et

il ne fallait pas être
pressé... Naïma étouffait,
non pas à cause de la chaleur, mais à cause
de la pollution. Les nuages de fumée qui
sortaient des pots d'échappement des
motos continuaient de planer au ras du

bitume longtemps après
la disparition de celles-ci.

— Il y a vraiment beaucoup
de motos, remarqua Naïma.
Et pourquoi les conducteurs
portent-ils tous une chemise
jaune ?

— Ce sont les *zémidjans*, répondit
Adélaïde, les motos-taxis. C'est le
moyen le plus pratique de se déplacer
à Cotonou ! À condition de ne pas avoir
peur de mourir. Le Code de la route,
les *zems* ne le connaissent pas !

Pendant le trajet, Adélaïde expliqua
à sa nièce que Cotonou était la plus
grande ville du Bénin. Pourtant ce n'était
pas la capitale, qui était Porto-Novo.
Presque toute la famille béninoise
de Naïma vivait à Cotonou. Elle était
attendue avec impatience !

– J'espère que ça ne t'ennuie pas de partager la chambre avec mes filles, dit Adélaïde. Notre appartement n'est pas très grand…

– Tu plaisantes ? rétorqua Naïma.

Chez moi, je dors dans le canapé ! Naïma regarda avec effarement les trottoirs envahis par les artisans qui sculptaient le bois, les coiffeuses qui tressaient les nattes de leurs clientes, les femmes qui vendaient des plats chauds aux passants et les mécanos qui réparaient de vieilles motos. Adélaïde quitta la route de l'Aéroport et dut s'arrêter un peu plus loin. La rue qu'elle voulait emprunter était purement et simplement bloquée. Des chaises et des tables étaient installées au milieu de la rue. Des gens en habits de fête discutaient, un verre ou une assiette à la main.

– Ah ! fit Adélaïde. J'avais oublié qu'il

y avait un baptême ! C'est comme ça, ici !
Et quand ce n'est pas un baptême, c'est
un enterrement. Il y a toujours quelque
chose dans ce quartier !

Après un petit détour, ils arrivèrent enfin.
Adélaïde gara sa camionnette sous le toit
de tôle d'une simple cabane qui abritait
également l'atelier de l'oncle Sadio.
Le papa de Bilali fabriquait des meubles.
Les paupières de Naïma étaient lourdes.
Jusque-là, l'excitation l'avait tenue
éveillée. Le bruit, la chaleur et la pollution
commençaient à l'endormir. Naïma suivit
sa tante dans la maison à étages entourée
de cabanes. Elle espérait pouvoir se reposer.
La porte d'entrée était à peine ouverte qu'un
énorme « *kou abo* ! » secouait les murs.
Naïma écarquilla les yeux. Il y avait au moins
trente personnes dans le salon, des adultes,
des ados, des enfants, des bébés !

Et tout le monde se précipita vers elle
pour se présenter, l'embrasser et lui
souhaiter la bienvenue au Bénin.

– Et maintenant, on mange ! déclara *mama*[3] Alixosi, la mère d'Adélaïde. Naïma avait toujours faim, alors elle fit honneur aux plats préparés par ses deux grands-mères, ses trois tantes et un certain nombre de cousines. Naïma connaissait la pâte blanche, une sorte de purée faite avec de la farine de maïs et des patates douces. Mais elle n'avait jamais goûté de beignets de haricots ni de sauce de graines de citrouille et encore moins de ragoût d'igname. Il était facile de distinguer le poulet du poisson frit. Le reste, Naïma n'avait aucune idée de ce que c'était.

– C'est bon, cette viande, remarqua-t-elle. C'est quoi ? Du mouton ? Du lapin, peut-être ?

– *Xo*[4], lui répondit Bilali. Je sais pas le mot en anglais.

3. Mama *(en fon)* : grand-mère.

4. Xo *(en fon)* : aulacode *(rongeur élevé pour être consommé en Afrique). Se prononce « Ho », avec un h très sonore et rauque.*

– C'est quel genre d'animal ? insista
Naïma. Petit ? Gros ?

Bilali montra la taille avec ses mains.

– Grand comme un chat, supposa Naïma.

Le visage de Bilali s'éclaira soudain et il dit
avec un sourire :

– Je sais ! C'est un rat !

Naïma resta muette d'effroi. Comment ça,
un rat ? Zansi vint au secours de son cousin.
À l'aide d'un livre sur les animaux, elle
montra à Naïma la photo du *xo*, un rongeur
qui ressemblait un peu à une énorme souris
marron. Naïma apprit à l'occasion qu'il
s'agissait d'un aulacode qui, effectivement,
s'appelait aussi rat des roseaux.

Naïma regarda son assiette. Elle n'avait
plus très faim tout d'un coup. Elle cacha
un bâillement derrière sa main. Adélaïde le
remarqua et comprit qu'il était temps pour
sa nièce d'aller se coucher. Elle conduisit

Naïma dans la chambre de ses filles.

Un matelas avait été posé sur le parquet, coincé entre les deux lits. Naïma repensa aux conseils du médecin. Elle n'osait rien dire de crainte de vexer sa tante.

– Ça ira ? demanda Adélaïde. Le matelas est plus confortable qu'il n'en a l'air.

La salle de bains est juste en face. Tu as sûrement envie de prendre une douche.

Naïma acquiesça. Adélaïde pencha la tête sur le côté. Elle voyait bien que quelque chose tracassait sa nièce.

– Tu es chez toi, ici. N'aie pas peur de parler.

Naïma se balança d'avant en arrière sur ses pieds avant de dire timidement :

– Il n'y a pas de moustiquaire. Le docteur m'a expliqué qu'il fallait se méfier des moustiques à cause de la maladie.

– Oui, le paludisme, répondit Adélaïde.

Tu n'as pas à t'inquiéter. Nous n'avons pas de moustiquaires au-dessus des lits pour la bonne raison qu'il y en a une derrière chaque fenêtre !

Naïma se tourna vers la fenêtre et aperçut le fin grillage derrière les vitres.

– J'utilise aussi des produits antimoustiques, ajouta Adélaïde.

Quelques « pschitt » dans les pièces et adieu les sales bêtes !

Naïma, rassurée, remercia sa tante.

Une bonne douche et, des tas de bisous plus tard, elle s'endormait profondément.

*Chapitre 4*
# Carte postale d'Australie

**De : Alexa**
**À : Les Kinra Girls !**

*G'day*[5] *!* comme on dit dans mon pays !
Et mon pays, c'est sacrément loin et le
voyage était juste interminable. Papa est
venu me chercher à l'aéroport mais c'est
à peine si je l'ai vu parce que MON Jimmy
était là aussi ! Je lui ai sauté dans les bras
pour l'embrasser... sur les joues, je précise.
Mon père a mis les deux poings sur
les hanches, en faisant semblant d'avoir
l'air fâché. Il m'a dit :

5. G'day *(en anglais australien) : contraction de* good day, *bonjour.*

**Papa :** Et moi, alors ? Je compte pour des prunes ?

**Moi :** J'espère que tu t'es bien occupé de Belize ?

**Papa,** *grognon mais pour rire :* Charmant ! Je passe après ton copain et le cheval !

Bon, évidemment, je lui ai fait une grosse bise en rigolant.

J'avais hâte de retrouver tout le monde, même mon frère Ben, c'est dire ! Le trajet jusqu'à la maison a été long à cause de la pluie. Ah oui, c'est la saison humide en Australie ! Il fait une chaleur à crever. Hé ! C'est qu'on est sur le tropique du Capricorne, ici ! Je me suis un peu endormie à l'arrière de la voiture. C'était bien agréable de poser ma tête sur l'épaule de Jimmy et de fermer les yeux.

Maman m'a serrée dans ses bras, elle était presque en larmes, j'ai cru qu'elle allait m'étouffer. Mon chien **Bunbulama**[6] m'a fait la fête en me léchant partout sur le visage. C'est un berger allemand. Il est gentil. Ben est resté assis à regarder un match de *footy* à la télé. C'est un jeu de brutes qui ressemble vaguement au rugby où tous les coups sont permis. Y a que les Australiens pour comprendre les règles.

> **Ben :** C'est pas trop tôt. On peut manger, maintenant ?

L'estomac de mon frère est un gouffre sans fond. Comme elle savait que j'arrivais en fin d'après-midi, maman avait préparé un *Devonshire tea*, un genre de goûter typique de chez nous : du thé, des scones[7] et des confitures. Mais il fallait absolument que je voie Belize avant de me mettre à table.

6. *Bunbulama : nom d'un esprit faiseur de pluie chez les Aborigènes.*

7. *Scone : genre de minibrioche ronde d'origine britannique, très apprécié notamment en Australie.*

J'ai filé jusqu'au pré. Mon cher cheval gris
tout moche, oui il est laid, il faut bien le
reconnaître, il m'a aperçue de loin et il a
couru jusqu'à la barrière en hennissant.
Il était aussi heureux que moi, mon adorable
cheval moche, le plus intelligent, le plus
courageux de tous les chevaux du monde !
J'étais en train de le cajoler quand j'ai
entendu un drôle de bruit très sourd :
boum... boum... comme si quelqu'un
tapait sur un tambour. Et alors là,
j'en revenais pas ! Il y avait un
émeu[8] derrière la cabane

en bois qui sert d'écurie ! C'est très bizarre,
les émeus. Ça fait « boum, boum ». Ce n'est
pas vraiment un chant ou un cri, c'est un son
qui résonne dans leur ventre. C'est gros,
un émeu, et ça a mauvais caractère.
Je n'aime pas du tout. Je suis rentrée à la
maison et j'ai demandé des explications.

**Maman** : Je l'ai trouvé au bord de la
route, il avait été heurté par une voiture
ou un camion. Le pauvre était blessé,
je ne pouvais pas le laisser comme ça !

Ouais. Ça, c'est ma mère. Elle ramasse
n'importe quoi du moment que ça respire.
Généralement, ce sont des chats. Un jour,
elle va nous ramener un crocodile.

**Papa** : C'est une vraie peste qui te fonce
dessus si ta tête ne lui revient pas.

**Maman** : C'est un animal sauvage qui a
beaucoup souffert. Quand il ira mieux,
il s'en ira.

---

8. Émeu : gros oiseau d'Australie qui ressemble à une autruche.

**Papa :** Il se porte comme un charme, mais il n'a aucune envie de partir parce que ta mère le nourrit !

**Moi :** Comment t'as fait pour le transporter ? Ça pèse une tonne, un émeu !

**Mon frère Ben,** *mort de rire :* Maman est allée chercher les voisins. Ils s'y sont mis à quatre pour faire monter l'émeu dans le pick-up[9] et la bestiole les a mordus !

**Maman :** Les émeus n'ont pas de dents. Ils pincent, ils ne mordent pas.

Faut toujours qu'elle ait le dernier mot. Après mon goûter, j'étais vraiment crevée, alors je suis allée me coucher. Yahoo, le chat borgne, s'est blotti contre moi. Ce n'est pourtant pas son genre d'être gentil. Peut-être que je lui ai manqué ! Les jours suivants, je les ai surtout passés avec Belize. Je suis si contente d'être avec lui !

9. *Pick-up : genre de camionnette ouverte à l'arrière.*

Jimmy me suit comme mon ombre. Il me pose des tas de questions sur vous et sur ma vie à l'Académie Bergström. Je lui raconte tout, en particulier ce que je ne peux pas raconter à mes parents. Hum... vous voyez ce que je veux dire ? Je ne crois pas que mes parents seraient ravis d'apprendre qu'on explore des souterrains, surtout la nuit... Jimmy, il ne répétera rien à personne.

Il y a beaucoup de monde dans la région en ce moment. Eh oui, on est dans l'hémisphère Sud et ce sont les grandes vacances ! La mère de Jimmy, Yvonne, profite du passage des touristes pour vendre ses œuvres. Yvonne est une artiste très célèbre, vous savez. Ses peintures sur des écorces d'arbre sont même exposées dans des musées. J'adore Yvonne. C'est passionnant de l'écouter parler. Elle connaît tellement d'histoires et de légendes aborigènes !

Jimmy, Ben et moi, on est allés à l'atelier d'Yvonne. Il y avait des gens qui visitaient, alors, on ne voulait pas la déranger, mais Yvonne est venue vers nous. Elle avait le visage fermé, ce qui était curieux, elle est toujours souriante.

**Jimmy,** *inquiet :* Il y a quelque chose qui ne va pas, maman ?

**Yvonne :** Ça fait cinq jours que je n'ai plus de nouvelles de ton oncle Djalu.

**Jimmy :** Ce n'est pas étonnant. Il part souvent tout seul dans le **bush**[10].

**Yvonne :** Oui, sauf que cette fois il m'a dit qu'il serait de retour… avant-hier !

**Jimmy :** Il a dû oublier ou il a changé d'avis. Pourquoi tu ne m'as pas prévenu plus tôt ?

**Yvonne :** Parce que tu n'es jamais à la maison !

Là, je me suis sentie coupable. Depuis que

---

10. Bush *(en anglais) : végétation formée d'arbustes et d'arbres isolés. En Australie, cette végétation est très répandue.*

je suis revenue, Jimmy s'est installé chez moi. Il dort dans la chambre de Ben. Yvonne a remarqué que j'avais l'air embêté et elle m'a assuré qu'il n'y avait pas de problème. Elle trouve normal que Jimmy ait envie de rester avec moi ! Voilà encore une bonne raison d'adorer Yvonne... elle comprend tout.

**Ben :** Et vous avez une idée de l'endroit où Djalu a pu se rendre ?

**Yvonne :** Il aime bien camper près de la rivière Adélaïde. Il peut être n'importe où ! Il n'a peur de rien, hélas ! Il croit qu'il a toujours 20 ans, mais ce n'est plus un jeune homme.

Ça m'a effrayée. Il y a des milliers de crocodiles dans la rivière Adélaïde. Et ils ne sont pas tout le temps dans l'eau ! C'est super dangereux de se promener dans ce coin-là. Djalu est un vrai Aborigène. Il marche pieds nus, il chasse avec un boomerang et il joue du *yidaki*[11]. J'ai croisé les bras pour réfléchir. Et puis j'ai eu une idée.

> **Moi :** La rivière n'est pas tout près d'ici. Comment y est-il allé ?

Yvonne m'a regardée avec des yeux écarquillés. Elle n'avait pas pensé à ça !

> **Yvonne :** Tu as raison ! Quelqu'un a dû le conduire en voiture ! Sûrement son ami Peter !

Yvonne est partie téléphoner et, dix minutes plus tard, l'ami Peter est arrivé. Peter n'est pas aborigène, mais il a été *ranger*, garde, dans un parc national pendant de nombreuses années. Il sait beaucoup de choses. Peter avait bien conduit Djalu jusqu'à un chemin qui longe les berges de la rivière. Il n'est pas retourné le chercher parce que Djalu ignorait quand il aurait envie de rentrer. Comme il a l'habitude de revenir de ses excursions

11. Yidaki *(en aborigène) : instrument plus connu sous le nom de didgeridoo. Le* yidaki *est fabriqué à partir d'un tronc ou d'une branche d'arbre que les termites ont creusé.*

en auto-stop, Peter ne s'est pas inquiété.
Yvonne ne pouvait pas quitter son atelier
à cause des clients. Alors les garçons et moi,
on est partis avec Peter dans son 4 x 4. En
voiture, il n'y a qu'une demi-heure de route pour
rejoindre la rivière Adélaïde. Peter s'est garé
sur le fameux chemin et – devinez quoi ? –
il a pris son fusil avec lui ! C'est que ce n'est
pas une balade pour les touristes quand
on s'enfonce dans cette partie du bush…
C'est difficile de marcher dans ce coin-là.
Le chemin s'arrête tout d'un coup et sur un
grand panneau est écrit : « *No swimming –
crocodiles* » (baignade interdite – crocodiles).
Bon, on était prévenus ! Après, on a dû avancer
au travers de hautes herbes coupantes
pleines de sangsues. La terre était trempée
et on avait de la boue jusqu'aux mollets !
Je me demande quel plaisir trouve Djalu
à camper dans des endroits pareils…

**Jimmy :** Tu veux tenir ma main ?

**Moi,** *genre vexée :* Ça va, je peux me débrouiller tout seule !

**Jimmy :** Oui, mais pas moi. Tu m'aides ? Malin, ce Jimmy, non ? Comment voulez-vous ne pas être amoureuse de lui ? Je lui ai donné ma main. Ben s'est moqué de nous. Il n'a pas de copine, il est jaloux. Bon, au bout d'une heure de crapahutage épuisant, on est arrivés en haut d'une butte. Et là, on s'est amusés à enlever les sangsues qui nous suçaient le sang. On dit qu'il faut mettre du sel ou utiliser un briquet pour s'en débarrasser. En réalité, si on tire d'un coup sec, les sangsues se détachent. Si on hésite, elles se cramponnent. Peter était bien équipé, il avait une trousse de secours dans son sac à dos. On a nettoyé les petites coupures pour éviter les infections. Les sangsues ne transmettent pas de maladies.

En revanche, une plaie, même petite, et c'est la porte ouverte à des tas d'autres saletés qui traînent dans le bush.

Peter a sorti une paire de jumelles et il a regardé partout pendant un long moment. Et tout d'un coup, il a crié. Il avait vu de la fumée. On est redescendus de la butte et on en a remonté une autre. Et là, l'oncle Djalu était tranquillement assis devant son feu de bois qui fumait beaucoup à cause de l'humidité. Il n'a même pas paru surpris de nous voir. Jimmy lui a dit que sa mère était affolée parce qu'il n'était pas rentré le jour prévu.

**Djalu** : Les *Tintookies* me parlaient. On n'interrompt pas les Esprits quand ils vous parlent !

**Moi** : Je ne connais pas ces Esprits-là.

**Djalu** : Les *Tintookies* vivent dans le bush. Ce sont les Esprits des éléments. Ils sont là dans mon feu, dans l'air que

59

nous respirons, dans l'eau de la rivière et dans la terre sous nos pieds.

**Moi,** *très, très bêtement :* Et ils vous ont dit quoi ?

**Jimmy :** Enfin, Alexa, ça ne se demande pas, ça !

**Djalu,** *en souriant :* Les Esprits révèlent des choses du passé, du présent et de l'avenir. Leur enseignement nous aide à corriger nos erreurs et à devenir meilleurs.

**Ben :** Dommage qu'ils ne parlent pas à Alexa !

J'ai filé un coup de pied à mon frère.

Et alors, là, Djalu m'a dit...

Si vous voulez le savoir, il faudra que vous décodiez mon message en Mullee Mullee[12] !

Je vous l'ai mis en pièce jointe.

On est repartis, sans Djalu qui avait envie de continuer ses conversations avec les

12. *Voir pages 136-137.*

*Tintookies*. Voilà, j'espère que je vous ai amusées avec mes histoires, les Kinra Girls ! Je vous laisse car mon père m'appelle pour me conduire chez Yvonne. Ce soir, je dors chez elle. Comme ça, elle aura son fils à la maison pour une fois !

**Alexa,** pleine de bleus, de bosses, de plaies et de piqûres d'insectes.

*Chapitre 5*

# Route des Esclaves

Les deux jours suivant son arrivée, Naïma les passa surtout en compagnie de sa famille. On lui fit visiter l'immense marché Dantokpa aux innombrables allées et à la foule compacte. Ici, tout se vend et s'achète. Il est presque obligatoire de marchander les prix pendant des heures. Naïma s'offrit une paire de sandales en plastique.

Au matin du troisième jour, l'oncle Sadio, Bilali et la grand-mère Alixosi vinrent chercher Naïma pour l'emmener à Ouidah.

– Tu ne nous accompagnes pas ?
demanda Naïma à sa tante.

Adélaïde avait du travail. En plus de son métier de professeur, elle traduisait des livres. Elle avait surtout un gros problème : son ordinateur était en panne !

– Comment je vais faire pour envoyer ma carte postale à mes amies ? s'inquiéta Naïma. Il va bientôt remarcher, ton ordinateur ?

Adélaïde soupira et haussa les épaules. L'ordinateur était si vieux que ça ne valait sans doute pas la peine de le réparer. En acheter un neuf ferait un trou dans son budget. Peut-être réussirait-elle à en trouver un d'occasion. En attendant, elle devait travailler avec un crayon et du papier… Naïma était très ennuyée. Non seulement elle ne pouvait pas écrire aux Kinra Girls, mais elle ne pouvait pas non plus recevoir leurs messages. *Mama* Alixosi lui remonta le moral avec une belle surprise : un appareil photo jetable !

    – En voiture ! lança joyeusement Sadio.

    Les enfants, vous montez derrière. La camionnette d'Adélaïde était aussi celle de l'oncle Sadio. Et, comme l'apprit plus tard Naïma, celle des cousins, cousines et autres grands-parents. En fait, c'était le seul véhicule de toute la famille ! On s'arrangeait pour que chacun en ait l'usage quand il en avait besoin.

Naïma apprécia de porter un turban sur la tête. Le soleil tapait déjà dur. Bilali avait l'habitude et ne semblait guère gêné par la chaleur. Ce n'était pas confortable d'être assis à l'arrière de la camionnette. Il était presque impossible de se parler à cause du vent et du bruit du moteur. Heureusement, le trajet ne dura pas trop longtemps.

La ville de Ouidah se trouvait au bord de l'océan Atlantique. La brise marine était bienvenue. Naïma pensa à la plage et regretta de ne pas avoir de maillot de bain. Mais elle découvrit vite qu'ils n'étaient pas venus jusque-là pour se baigner. Alixosi posa un regard sérieux sur les enfants. D'un geste, elle indiqua la longue piste sablonneuse bordée de palmiers qui s'ouvrait devant eux.

    — Voici la route des Esclaves, dit-elle. C'est par ce chemin que des centaines de milliers d'Africains ont été déportés vers les Amériques, surtout le Brésil et les îles Caraïbes.

Naïma écarquilla les yeux. Des centaines de milliers ? C'était à peine croyable. Alixosi proposa de parcourir cette route pour se souvenir de tous ceux qui avaient été arrachés à leur famille et vendus comme esclaves. Alors qu'ils marchaient vers la mer, Alixosi expliqua comment les choses se passaient, à l'époque où le Bénin s'appelait encore le Dahomey.

On achetait les hommes, les femmes et même les enfants sur la place Chacha, appelée également place des Enchères. Ils avaient été capturés dans toute l'Afrique de l'Ouest. Puis les malheureux étaient marqués au fer rouge pour être reconnus par leur propriétaire. Cette horrible pratique avait lieu sous l'Arbre de l'Oubli. Les esclaves tournaient autour de l'arbre afin d'oublier leur patrie. Ils tournaient également trois fois autour de l'Arbre du Retour pour que, après leur mort, leur esprit puisse revenir au pays.

Ensuite ils étaient conduits jusqu'à la côte où les attendaient des canots. On raconte

que certains esclaves préféraient se jeter
à l'eau et se noyer plutôt que de partir.
Les canots rejoignaient les vaisseaux
négriers qui mouillaient au large.
Ceux-ci venaient de France, d'Angleterre,
du Portugal, de Hollande et parfois du
Danemark. Les Européens n'avaient pas
inventé l'esclavage, qui existe depuis la
nuit des temps, mais ils en avaient fait
un véritable commerce qui rapportait
beaucoup d'argent. De nombreux esclaves
mouraient pendant le voyage, de maladie
ou de faim, enfermés au fond des cales
des bateaux.

En écoutant sa grand-mère, Naïma
regardait le paysage autour d'elle,
les palmiers doucement agités par le vent,
la lagune où s'activaient quelques pêcheurs,
les maisons sur pilotis. Tout était si paisible !
Devant l'océan immense et bleu, une

grande arche fermait la piste. On y voyait
le dessin des esclaves enchaînés marchant
vers la mer. C'était la Porte du Non-Retour.
Naïma contempla les vagues déposer leurs
rouleaux d'écume sur la plage. Elle imagina
les vaisseaux qui s'éloignaient vers l'horizon.
Les larmes montèrent dans ses yeux.
Sadio se racla la gorge, lui aussi saisi par
l'émotion. Il s'efforça de sourire quand
il se tourna vers l'est.

— Voici un autre monument important,
dit-il. C'est la Porte du Retour. Elle
symbolise le retour de ceux qui sont
partis ou plutôt celui de leurs
descendants. Ce sont surtout des
Brésiliens qui sont revenus dans le
pays de leurs ancêtres. Cette porte
représente l'avenir. Il ne faut pas oublier
le passé, mais il faut savoir pardonner et
aller de l'avant.

La route des Esclaves était longue de
4 kilomètres et les enfants étaient fatigués.
Sadio héla des *zémidjans*.

Naïma n'était jamais montée sur une moto
et d'apprendre qu'à Ouidah on appelait
les motos « corbillards » n'avait rien pour
la rassurer. Mais ici, les *zems* étaient plus
prudents qu'à Cotonou, sans doute parce
qu'il n'y avait pas autant d'embouteillages !
Le chauffeur de Naïma se montra très gentil
et elle eut vite confiance. Néanmoins, elle
le serra fort à la taille, de peur de tomber…
Naïma entendit son oncle demander
aux *zems* de les conduire au Temple des
pythons. Elle n'eut pas l'occasion de poser
des questions car déjà sa moto démarrait.
Des pythons ? Quoi, pas les serpents quand
même ? Non, elle avait dû mal comprendre.
Et si ! L'oncle Sadio parlait bien de vrais
serpents ! Vivants ! Le Temple des pythons

sacrés n'avait de temple que le nom.
En réalité, ce n'était que de simples cases
en terre où, par l'ouverture, on pouvait voir
les pythons qui se reposaient.
L'histoire, en revanche, était plus
intéressante. Le python, à Ouidah, est vénéré
car il représente Dan, le « dieu qui sème
la richesse ». Lorsqu'un python meurt,
on l'enterre avec la même attention que
s'il s'agissait d'un homme. On dit alors
que « la nuit est tombée », expression que
l'on utilise normalement pour annoncer
le décès d'un roi. Les pythons protègent
aussi la ville et ses habitants des mauvais
esprits. En échange, on leur rend un culte.
Le gardien du temple prit un serpent entre
ses mains et le montra aux enfants.

– C'est un *Dangbé*, dit-il, un python royal.
Il n'est pas venimeux. Pas de danger. Un
peu d'argent et vous pouvez faire une

photo avec le python autour du cou. Ah bon. On n'oubliait pas les affaires, dieu ou pas ! Bilali eut un mouvement de recul prudent. Sadio demanda à sa nièce si elle désirait tenter l'expérience. Naïma hésitait. Que ressentait-on quand un gros serpent s'enroulait autour de vous ? Elle se décida brusquement et accepta, surtout parce que son cousin avait la trouille...

Le gardien empocha l'argent que lui tendait Sadio puis déposa le python sur les épaules de Naïma. *Mama* Alixosi prit tout de suite une photo avec l'appareil jetable. La tête du serpent se redressa et se porta à la hauteur du regard de Naïma. Celle-ci n'osait plus bouger. La peau du python était incroyablement douce et n'était pas froide, contrairement à ce que l'on croit souvent. Naïma se détendit un peu. L'animal était d'un calme... royal.

– Ça me suffit... murmura
Naïma. On peut l'enlever
maintenant ?
Le gardien rit et récupéra
le serpent.
– C'est bien ! remarqua-t-il.
Tu es courageuse ! *Dangbé* est
ton ami et il veillera sur toi !
Naïma remercia du bout des lèvres.
Mais elle n'était pas sûre d'avoir envie
d'être l'amie de *Dangbé*.

# Carte postale d'Inde

**De : Rajani**
**À : Les Kinra Girls !**

*Namasté[13] !*
Ça fait trois fois que je recommence
ma carte postale. Oui, Kumiko, je suis
perfectionniste et je ne suis jamais contente
de moi ! Je suis comme ça, je n'y peux rien.
Je ne suis pas capable d'écrire comme Alexa,
« relax », sans me poser de questions. Heu...
Je ne veux pas dire que la carte postale
d'Alexa était bête ou mal écrite, au contraire,

---

13. Namasté *(en hindi) : je m'incline devant vous. Formule
de politesse pour dire bonjour, au revoir, bienvenue...*

j'ai adoré ! Là, normalement, je devrais
effacer ce paragraphe et recommencer
pour la quatrième fois. J'ai le doigt sur
la touche « supprimer ». Non, non,
ce coup-ci, je résiste et je me lance.
Alors, évidemment, le voyage en avion
a été très long et très ennuyeux. J'étais
fatiguée et énervée en arrivant à l'aéroport
de Mumbai. En fait, je crois que j'étais
surtout anxieuse. J'ai eu tellement de mal
à persuader ma mère de me laisser partir
à l'Académie Bergström que j'ai peur
qu'elle ne m'empêche d'y retourner.

J'étais soulagée en voyant
ma grand-mère Karisma
derrière les barrières
de la douane. J'étais si
heureuse en me jetant
dans ses bras pour
l'embrasser !

Dans le taxi, je lui ai parlé de vous, de vous et encore de vous, mes meilleures amies, mes amies de cœur ! J'ai dû la soûler à force, mais Karisma s'est contentée de sourire et de dire : « C'est bien. »

À la maison, il n'y avait que Parminder, la cuisinière, et Vidya, qui s'occupe du ménage. Vidya était en larmes, elle pleure pour un rien. Parminder, elle, a exprimé sa joie de me retrouver en m'obligeant à manger. Après plusieurs repas dans l'avion, franchement, je n'avais pas faim. Mais si je n'avais pas fait honneur à son *biryani*, du riz avec des légumes, du poulet, des noix et des épices, Parminder aurait pensé que j'étais malade !

Mes parents n'étaient pas encore rentrés à cette heure. Ils travaillent beaucoup tous les deux. J'en ai profité pour me reposer dans ma chambre. Et pour digérer le *biryani*

aussi… Ma grand-mère est restée auprès
de moi et m'a massé le dos pour que je me
détende. Elle avait deviné que j'étais inquiète
à l'idée d'affronter ma mère et m'a rassurée.
Car, et ça je l'ignorais, mon père est de mon
côté et raconte à qui veut bien l'écouter
à quel point il est fier de moi. Et voilà que
je me suis mise à pleurer comme Vidya en
entendant ça ! Et puis, je me suis endormie.
Quand j'ai ouvert les yeux, mon père était là.
Il a murmuré dans le creux de mon oreille :

– Et comment va ma *Chikki* ?

Ça m'a fait tout drôle. Papa ne m'a pas
appelée *Chikki* depuis des années. Le *chikki*
est un dessert indien, c'est un genre de
caramel très dur fait avec des cacahuètes
et beaucoup de sucre. J'adorais ça quand
j'étais petite. Karisma a l'habitude de dire
que je suis comme le *chikki*, à la fois douce,
craquante et coriace ! J'ai serré fort mon

*pita*, mon papa, contre moi. C'était déjà
l'heure du dîner et, exceptionnellement,
mes parents avaient quitté leur travail plus
tôt. J'avais encore le *biryani* sur l'estomac,
je n'avais pas du tout envie de manger !
J'ai mis mon sari orange brodé d'or.
Je me sens toujours bien quand je le porte.
Karisma m'a aidée à draper le tissu autour
de moi. Je n'étais pas trop pressée
de descendre...
Ma mère parlait au téléphone devant
la fenêtre quand ma grand-mère et moi
sommes entrées dans le salon. Mon
père était assis et attendait patiemment
qu'elle ait fini. Tout d'un coup, ma mère
s'est retournée et m'a vue. Elle s'est mise
à bafouiller au téléphone et puis elle a
raccroché assez brusquement après un
« on en discutera mardi » qui a dû refroidir
son interlocuteur.

Je me suis inclinée devant elle pour la saluer
d'un :

    — *Namasté, mam*[14].

Et elle :

    — Alors quoi, je n'ai pas droit à un baiser ?
Elle a tendu ses bras vers moi et j'étais si
contente que j'ai presque couru pour aller
l'embrasser. *Mam* m'a caressé les cheveux
et puis a dit :

    — Tu as maigri. On ne te nourrit pas
    dans ton école ?

14. Mam *(en hindi)* : *mère, maman.*

Voilà, c'est ma mère, ça. Mais je n'allais pas me laisser faire. J'ai rétorqué :

— Si, très bien. Et je n'ai pas maigri, j'ai grandi !

Je vous résume, mes chères Kinra Girls, la suite de la conversation. *Mam* n'a pas arrêté de critiquer l'Académie Bergström : on ferait mieux de nous enseigner des choses utiles comme les maths ou les langues étrangères plutôt que le dessin ou la danse. Ce à quoi j'ai répondu qu'on avait des cours de maths et que mon anglais s'était amélioré d'une manière phénoménale depuis que j'étais à l'école. Je vous épargne le reste... Ce qui est amusant, c'est que je m'aperçois que, maintenant, je n'ai plus peur de contredire ma mère. Savez-vous pourquoi ? Parce que j'ai compris qu'en fait *mam* aime bien que je lui tienne tête. Je le vois dans le petit sourire qu'elle essaie de cacher quand je me défends avec fougue. Je crains que ma grand-mère n'ait raison : ma mère et moi, nous nous ressemblons beaucoup !

Pensez-vous que je vais pouvoir profiter de mes vacances pour me distraire ou voir mes amis ? Oh non ! Ma mère a décidé de me prouver que je perds mon temps en apprenant la danse. Elle veut me montrer ce que c'est que « des choses utiles » !

Et ça commence dès demain...

Et là, je vais me coucher parce que je suis crevée.

\*\*\*

Je reprends ma carte postale pour vous raconter ma journée. Et quelle journée !

Je vous ai déjà dit que ma grand-mère Karisma avait créé un centre de soins pour les pauvres. C'est un beau bâtiment tout blanc où des médecins spécialisés

viennent gratuitement, en général une fois
par mois. Il y a d'autres médecins qui sont là
en permanence. Ils pratiquent la médecine
ayurvédique comme Karisma. La plupart
des Indiens préfèrent cette médecine
traditionnelle et très ancienne. Ma mère,
qui est chirurgienne, offre un peu de son
temps pour ceux qui n'ont pas les moyens
de payer l'hôpital. Dans le centre, il y a
un bloc opératoire moderne. Ma mère
rencontre les patients avant de leur donner
un rendez-vous pour les opérer. Aujourd'hui,
c'était un de ces jours de consultation. Et j'ai
accompagné ma mère et ma grand-mère.
J'avais déjà vu le centre, il y a longtemps.
Je me souvenais surtout des grands dortoirs
avec des dizaines de lits où les gens malades
ou récemment opérés se reposaient. Ça
m'avait impressionnée... Croyez-vous que
mère allait juste me demander de m'asseoir

dans un coin et de la regarder travailler ?
Oh que non ! Hors de question que je reste
les bras croisés à ne rien faire ! On m'a mise
derrière un comptoir à l'accueil. J'étais
avec une jeune femme adorable qui
s'appelle Karnam. Elle habite dans Dharavi,
le bidonville de Mumbai. On imagine
toujours qu'un bidonville est un endroit
épouvantable où les gens vivent dans la
misère. Mais Dharavi, ce n'est pas ça du tout !
Karnam a un métier, ici, au centre de soins.
Elle gagne correctement sa vie. Et pour rien
au monde elle ne voudrait quitter Dharavi
où elle est née ! Elle aime ce labyrinthe
de ruelles, les maisons au toit de tôle, le
mélange de gens qui viennent de toutes

les régions de l'Inde, les étals de fruits qui sèchent au soleil ! Karnam est très inquiète de la menace qui pèse sur le bidonville. Car il est de plus en plus certain que Dharavi sera détruit. Ça a d'ailleurs commencé. C'est toujours la même histoire : le terrain où est construit Dharavi vaut beaucoup, beaucoup d'argent... Alors tant pis pour ceux qui y habitent ! C'est d'autant plus triste que Dharavi est un lieu où on travaille. On y trouve des potiers, des couturiers (ils fabriquent les jeans que tout le monde porte à Mumbai !) et des brodeurs, par exemple. Il y a aussi de petites entreprises qui recyclent l'aluminium et le plastique. Et tout ça risque de disparaître...

Maintenant, il faut que je vous explique ce
que signifie accueillir les patients au centre.
D'abord, il est indispensable de parler
plusieurs langues indiennes. Dans mon
pays, il y a dix-huit langues officielles !
Et à Mumbai, on parle tout autant le tamoul,
le kannada, le konkani, le malayalam,
le marathi, l'oriya, le télougou que l'hindi et
l'anglais ! Heureusement, Karnam connaît
suffisamment chacune de ces langues pour
comprendre de quoi souffrent les personnes
et les orienter vers le médecin dont ils ont
besoin. Les gens attendent… on attend…
on attend… debout, assis, accroupi, couché
à même le sol. Il y a foule devant la porte,
une file interminable ! Les bébés pleurent,
les enfants se plaignent, les vieux ne disent
rien mais vous fixent avec des yeux pleins
de larmes. Karnam a l'habitude, alors ça
ne lui fait plus rien. Mais moi, je me sentais

mal et stupide avec mes « Asseyez-vous
par terre, il n'y a plus de chaises libres »
et mes « Le docteur vous recevra dans
quatre ou cinq heures » !

En fin de matinée, ma mère est venue
voir comment je me débrouillais. Elle en a
profité pour remarquer que s'occuper des
malades, ça, c'était un travail nécessaire !
Pas comme danser, n'est-ce pas ! Au début
de l'après-midi, j'ai failli craquer. Je n'en
pouvais plus des hurlements des bébés et
des gamins qui courent partout en criant.
Alors, j'ai fermé les paupières... et j'ai vu
Nataraja, le Seigneur de la danse. Et il me
disait ceci : danser est un don de soi,
un cadeau que l'on offre aux autres.
Franchement, je ne sais pas ce qui m'est
passé par la tête à ce moment-là. Une force
invisible m'a poussée de derrière mon
comptoir. Je me suis levée et j'ai commencé

à danser. Là, au milieu des gens. Les enfants
se sont arrêtés de courir pour me regarder,
les vieilles personnes ont souri, les bébés
se sont soudain calmés. J'ai dansé. Dansé
pour apaiser leurs souffrances, dansé pour
qu'ils oublient leurs soucis, dansé pour
les distraire. Une maman a tapé dans ses
mains avec sa petite fille. Puis son voisin a
fait pareil. Et tous les gens qui étaient dans
la salle ont suivi en frappant en rythme.
C'était la plus belle des musiques pour
accompagner ma danse.

Ça faisait tellement de bruit que Karisma,
ma mère et d'autres médecins sont arrivés
dans la salle, affolés. Ils ont cru qu'il y avait
une émeute ! Ils ont vite été rassurés car
il y avait des rires à la place des pleurs
et de l'amusement à la place de l'ennui.
Malgré le vacarme, j'ai entendu la voix
de ma grand-mère, comme dans un rêve.

— Soigner le corps, c'est bien.

Mais il faut aussi soigner l'âme.
Chaque fois que quelqu'un passait près
de moi, il me remerciait. J'ai dansé si
longtemps que mes pieds ont saigné.
Ma vraie récompense, je l'ai reçue dans
la soirée, à la maison. *Mam* m'a dit :

— J'ai compris pourquoi tu danses.
Je vous embrasse, les Kinra Girls.

**Rajani**.


PS : *Poyittu varukiren*.
(J'ai appris ça aujourd'hui. Ça signifie
« au revoir » en tamoul.)

*Chapitre 7*

# En avant pour l'aventure !

Naïma se retourna sur son matelas. Elle s'aperçut que ses cousines étaient absentes. Elle ne les avait pas entendues sortir. Elle repoussa le drap et s'étira. Ses paupières se refermèrent doucement... puis elle sursauta et se redressa brusquement. Quelle heure était-il ? Un coup d'œil sur le réveil la rassura. Il était à peine 6 heures. Et grand temps de se lever ! Vite, à la douche ! Sadio n'allait pas tarder à venir la chercher.

Quand Naïma entra dans le salon, Sessi,
le mari d'Adélaïde, était à quatre pattes
en train de tripoter les fils électriques
de l'ordinateur.

– *Okou*[15], oncle Sessi ! dit-elle.

Ça y est ? Il marche, l'ordinateur ?

Je peux m'en servir ?

– Non, répondit Sessi, je le débranche
pour l'apporter chez le réparateur. Mais
je ne suis pas très optimiste... Peut-être
qu'il me le rachètera pour avoir des
pièces de rechange...

Naïma fit « oh » d'un air déçu. Elle n'allait
donc jamais pouvoir lire les cartes postales
des Kinra Girls ? Bilali passa la tête par la
porte de la cuisine et demanda si elle était
prête. Naïma remarqua qu'elle n'avait pas
encore pris son petit déjeuner. Adélaïde
apparut à son tour.

– C'est prévu ! annonça-t-elle. Je vous ai

15. Okou *(en fon) : salut, bonjour.*

préparé des sandwichs. Vous mangerez dans la voiture. Plus tôt vous partez, mieux c'est.

Naïma retourna dans la chambre pour récupérer son sac. Après l'habituel rituel de bisous, Naïma et Bilali descendirent. Sadio les attendait déjà, au volant de la camionnette.

— En avant pour l'aventure ! s'écria-t-il joyeusement.

Il insista pour que les enfants s'assoient à côté de lui, quitte à être un peu serrés. Pas question qu'ils restent à l'arrière, en plein soleil. Car, malheureusement, l'aventure commençait par huit heures de route.

Ils se partagèrent les sandwichs, ce qui les occupa pendant les embouteillages. Après, Bilali enseigna quelques mots de français à sa cousine. Puis ils s'assoupirent

tous les deux, écrasés par la chaleur...
jusqu'à ce que Sadio les secoue.

> – Hé ! protesta-t-il. Si vous ne me parlez
> pas, je vais m'endormir, moi aussi !
> – D'accord, répondit Bilali, la bouche
> pâteuse. Et si tu nous racontais ce qu'on
> va voir dans le parc de la Pendjari ?

Sadio eut une expression gourmande,
comme s'il dégustait un bon gâteau.
Et il se lança dans une longue, très longue
explication... en **fon**. Bilali posait des
questions. Naïma ne comprenait pas
grand-chose, mais elle ne dit rien. Elle
préférait ne pas en savoir trop et avoir le
plaisir de la découverte. Bien sûr, elle savait
que le parc national de la Pendjari était l'une
des plus belles réserves naturelles de cette
région d'Afrique. Avec un peu de chance, ils
verraient des animaux sauvages. Lesquels ?
Personne ne pouvait le prévoir. Une réserve

n'est pas un zoo. Les animaux y sont libres
et se déplacent sans cesse.

Par la vitre ouverte, Naïma contemplait le
paysage. Les collines avaient remplacé les
grandes plaines côtières et leurs lagunes.
Dans le lointain se profilait la chaîne de
montagnes de l'Atacora et ses hauts plateaux.
La végétation changeait, la température
diminuait légèrement avec l'altitude.

Ils s'arrêtèrent tard pour déjeuner dans
la ville de Natitingou. Naïma était affamée.
Elle fit honneur à la pintade et à la bouillie
de **sorgho**[16], plats typiques de la région.

Les deux enfants étaient de plus en plus
fatigués. Ils dormirent presque tout
le reste du voyage. Le pauvre Sadio
dut lutter seul contre le sommeil.

Naïma se réveilla en sursaut quand
la camionnette freina brusquement.
Elle se frotta les yeux. Elle aperçut la

16. *Sorgho : plante graminée, comme le blé et l'avoine,*
*avec laquelle on fait de la farine.*

pancarte du parc national de la Pendjari.
Sadio s'étira derrière son volant.

– Nous y sommes ! déclara-t-il. Tiens,
voilà notre guide qui nous fait signe.

– Comment savait-il qu'on allait arriver ?
s'étonna Naïma.

– On a le téléphone ! dit Sadio en riant.
On n'a pas le droit de se promener sans
guide dans le parc. Alors, j'ai prévenu
pour réserver.

Sadio descendit du véhicule pour aller
serrer la main du jeune homme souriant qui
s'approchait. Naïma pressa Bilali de sortir.

– *Okou !* s'écria-t-elle.

– Hello ! répondit le guide. Moi,
c'est Ignace et je parle anglais...

Ignace contempla la camionnette d'un
air critique.

– Hum... Pas bon. Il faut louer un 4 x 4.

Sadio fit une drôle de tête. Il devait déjà

payer pour l'entrée du parc, le guide, l'hôtel et la nourriture. Louer une autre voiture, c'était un peu beaucoup pour son porte-monnaie.

– Pourquoi ? demanda Bilali. Qu'est-ce qui ne va pas avec notre camionnette ?

Ignace expliqua qu'ils seraient quatre et qu'il était donc impossible qu'ils montent tous à l'avant. Or l'arrière était ouvert et c'était très dangereux. Il y avait des fauves dans le parc qui pouvaient attaquer. Puis, voyant l'embarras de Sadio, Ignace fit une surprenante proposition.

– Pas la peine de rester à l'hôtel. On peut camper ! Location des tentes, pas cher !

– Camper ? répéta Naïma, éberluée. Mais… et les lions ?

– *No worry*[17] ! rit Ignace. Pas de risque ! Enfin pas trop.

Naïma ne trouva pas ça rassurant du tout.

---

17. No worry ! *(en mauvais anglais) : pas t'inquiéter !*
*Ignace devrait dire* « don't worry » : *ne t'inquiète pas.*

En avant pour l'aventure !

\*\*\*

Bilali adora le beau 4 x 4, tellement plus confortable que la vieille camionnette.

Les pistes du parc étaient bien entretenues et Ignace conduisait tranquillement. Naïma avait le nez collé contre la vitre, guettant le moindre frémissement dans les hautes herbes jaunes. Hélas, le vent en était généralement responsable.

— Où sont les animaux ? se désespéra Naïma.

— *No worry* ! répondit Ignace. C'est la saison sèche. On verra les animaux autour des points d'eau.

Sadio remarqua que le soleil frôlait l'horizon. Et à peine avait-il fini sa phrase qu'il se mit à gesticuler en criant :

— Éléphants ! Éléphants à droite ! À droite !

Ignace arrêta la voiture. Il regarda attentivement les alentours avant de donner l'autorisation à ses passagers de sortir.

– On ne les voit pas très bien, se désola
Naïma.

– Monte sur le toit, conseilla Ignace.
Vas-y ! C'est solide !

Les enfants ne se le firent pas dire deux
fois. Debout sur le toit du 4 x 4, ils purent
admirer huit éléphants qui avançaient en
soulevant de la poussière. Ignace leur prêta
sa puissante paire de jumelles. Il avait repéré
un troupeau de grandes antilopes. Bilali
demanda comment elles s'appelaient.

– Bubales et damalisques, affirma Ignace.
Elles se déplacent souvent ensemble.
À cette heure-ci, elles vont boire.
Et si elles sont là, les lycaons[18] et les
lions ne sont peut-être pas très loin…
Ce sont leurs proies préférées.
Descendez maintenant. On a
encore un bout de chemin à faire.

18. *Lycaon : mammifère carnivore, ressemblant au chien*
*ou au loup, qui vit en meute.*

Sadio était content parce que les enfants l'étaient. Les éléphants méritaient bien une journée de voyage !

Le soir était tombé quand ils arrivèrent à Mare Yangouali, un des lieux où l'on avait le droit de camper. Ils furent accueillis par des touristes et leurs guides qui s'étaient déjà installés. Ignace tendit le bras vers l'ouest.

> – Là-bas, à quelques kilomètres, c'est le parc national d'Arly. Et c'est un autre pays, le Burkina Faso !

Pendant qu'Ignace et Sadio dressaient les tentes, Naïma et Bilali lièrent connaissance avec les visiteurs. Une dame qui venait du Sénégal leur offrit un thé chaud. La présence de plusieurs personnes rassura Naïma jusqu'à ce qu'un des guides dise :

> – N'oubliez pas de faire pipi avant d'aller vous coucher. Pas bonne idée de sortir des tentes au milieu de la nuit. Serpents.

Guépards. Lions. Hyènes. Quelquefois, buffles. Ah oui ! Et demain, secouez vos chaussures avant de les remettre. Scorpions.

Naïma jeta un regard désespéré à Ignace qui se mit à rire et lui lança son habituel « **no worry** » !

Après avoir mangé, Naïma et Bilali se glissèrent à quatre pattes dans leur tente. Naïma toussa en s'asseyant sur son matelas pneumatique. Avant le dîner, Bilali avait utilisé la bombe insecticide et le produit n'avait pas eu le temps de s'évaporer.

– C'est pas vrai ! protesta-t-elle. Tu as vidé la bombe ou quoi ? On va mourir asphyxiés !

– Ça vaut mieux que les moustiques, rétorqua Bilali. Je ne sais pas pour toi mais moi, je ne me déshabille pas. Comme ça, je pourrai m'enfuir plus vite si un lion entre dans la tente !

– T'auras pas le temps. Oh… je suis sûre
que je vais avoir envie de faire pipi
si je ne m'endors pas tout de suite…

Mais dès qu'elle fut allongée, Naïma
plongea dans un sommeil profond.

Puis elle se réveilla en sursaut. Il y avait
un bruit… Elle serra le bord de son sac de
couchage de ses deux mains. Bilali respirait
paisiblement à son côté. Naïma tendit
l'oreille. Pas de doute, il y avait bien des
bruits étranges, *ssschlouff, ssschlouff,* un peu
comme si le vent agitait les feuillages, suivis
de *scrounch, scrounch* encore plus bizarres.
Malgré sa peur, Naïma remonta légèrement
la fermeture Éclair de la tente. Grâce à la
lune haute et pleine, elle réussit à voir…
un magnifique éléphant qui arrachait les
branches d'un arbre et les mastiquait avec
énergie après les avoir portées à sa bouche.

Il ne paraissait guère se préoccuper de
la présence humaine qu'il devait pourtant
sentir. Il était seul, c'était donc un mâle
car les éléphants qui se déplacent en troupe
ne sont que des femelles et des petits.
Émerveillée, Naïma l'observa jusqu'à ce
qu'il s'éloigne, presque silencieusement.
Naïma referma la glissière de la tente
et se recoucha, un sourire sur les lèvres.

\*\*\*

Le lendemain matin, Naïma raconta ce
qu'elle avait vu. Et pendant toute la journée
qui suivit, Bilali bouda parce qu'elle ne l'avait

pas réveillé. Ignace les conduisit auprès
d'un point d'eau où ils purent admirer
une multitude d'oiseaux, des antilopes
et des buffles.

Dans l'après-midi, ils se rendirent à la rivière
Pendjari où les aigles pêcheurs à la tête
blanche pêchaient avec audace entre
les hippopotames et les crocodiles.

Bilali se vengeait de Naïma en gardant pour
lui le paquet de biscuits. Elle faisait semblant
de ne pas s'en apercevoir. Elle n'avait pas
envie de déclencher une bagarre avec son
cousin pour une raison aussi stupide.

Ils étaient en train de regarder les
majestueux hippotragues[19] quand Ignace les
pressa de regagner le 4 x 4 sans attendre. Dès
qu'ils furent à l'abri à l'intérieur du véhicule,
Ignace leur montra une zone de la savane.

   – Sous les arbustes, indiqua-t-il, là où
   il y a un peu d'ombre.

---

19. *Hippotrague : antilope de grande taille, souvent appelée*
*antilope cheval.*

Sadio prit les jumelles et chercha en vain.
Ignace insista : il savait qu'il y avait un animal
caché dans les hautes herbes sèches. Naïma
poussa une exclamation.

– Ça y est ! Je le vois ! C'est un... non, c'est
une lionne, elle n'a pas de crinière !

– Non, pas forcément, répondit Ignace.
Dans cette région, les lions n'ont presque
pas de crinière. Il est très difficile de
distinguer les mâles des femelles.
Celui-là est probablement un vieux
lion solitaire.

Naïma réclama les jumelles dont Bilali s'était
emparé. Il choisit de l'ignorer.

– Les antilopes ne l'ont pas remarqué ?
demanda Bilali.

– Oh si, sûrement ! dit Ignace en riant.
Mais elles ne s'inquiètent pas. À cette
heure-ci, il se repose, il ne chasse pas.
Malgré tout, je préfère qu'on reste dans

le 4 x 4. Même ces gros paresseux
de lions s'énervent quelquefois !
Naïma tapota l'épaule de Bilali et réclama
de nouveau les jumelles.

– J'ai pas fini, grommela-t-il.
Ce qui ne fut pas du goût de son père qui lui
ordonna de prêter les jumelles à sa cousine.
Naïma put enfin profiter du spectacle.
Ils avaient beaucoup de chance. Ce n'était
pas si fréquent de rencontrer un lion.
Ensuite, Ignace emmena ses clients
à quelques kilomètres de là. Sur le
chemin, il leur montra un baobab, l'arbre
emblématique du parc. En cette saison, les
baobabs perdaient leurs feuilles. Ils étaient
quand même impressionnants.
Quand Ignace arrêta la voiture, Bilali et
Naïma manifestèrent bruyamment leur
excitation. Il y avait des singes partout !
Sans réfléchir et surtout sans attendre

l'autorisation du guide, Bilali ouvrit la
portière et sortit… le paquet de biscuits à
la main. Ignace était occupé à renseigner
Naïma qui posait des questions et il ne lui
prêtait pas attention.

— Oui, ce sont des babouins, dit Ignace.

Il y en a beaucoup dans le parc. Et…
Il s'interrompit et se mit à hurler
en direction de Bilali qui s'éloignait.
Le garçon se contenta de lui adresser
un petit signe et de lancer :

— *No worry* !

Trois secondes plus tard, un gros babouin
s'approchait de lui. Suivi par un autre…
puis un autre… et une horde de babouins
se précipita soudain vers Bilali. Ignace avait
de bons réflexes et il ne perdit pas de temps.
Il embraya pour rattraper Bilali, freina
brutalement et ordonna à l'imprudent
de remonter en vitesse dans le 4 x 4.

La portière était à peine refermée que
les babouins sautaient sur la voiture et
frappaient de toutes leurs forces sur
la carrosserie.

– Verrouillez les portes ! cria Ignace.

Ils savent très bien comment les ouvrir !

Naïma écarquilla les yeux. Quoi ?

Les babouins étaient capables de ça ?

– C'est fait ! répondit Sadio.

Mais qu'est-ce qu'il leur prend ?

Pourquoi nous attaquent-ils ?

Le gentil Ignace, toujours souriant, ne riait
pas du tout quand il se retourna vers Bilali.

— Biscuits ! s'exclama-t-il. Ils ont vu le
paquet ! Babouins moins bêtes que toi !
Bilali se tassa sur le siège, l'air penaud.
Effaré, Sadio regarda un singe arracher
le rétroviseur extérieur.

— Et si on leur donnait les biscuits ?
demanda Naïma, tremblant de peur.
Ils partiraient ?

– Trop dangereux, maintenant.
Je vais essayer de reculer, histoire
de les secouer un peu.
La manœuvre n'était pas facile car Ignace
craignait d'écraser un des singes qui se
tenaient derrière la voiture. Dans l'espoir
de les effrayer, il fit vrombir son moteur.
Le bruit ne plut pas aux babouins qui
retroussèrent leurs babines. Finalement
ils abandonnèrent le combat.

– Faudra payer le rétroviseur cassé,
constata Ignace.
En entendant ça, l'oncle Sadio fit la grimace.
Il n'était pas content, pas content du tout...

*Chapitre 8*
# Carte postale du Japon

**De : Kumiko**
**À : Les Kinra Girls !**

*Konnichiwa*[20] *!*

Je vous souhaite le bonjour mais, pour
moi, ce n'est pas un « bon » jour. Rhhaaa !
J'enrage ! Je viens de rentrer à l'instant et je
me défoule sur mon ordinateur. Désolée,
c'est vous les copines qui allez faire les
frais de ma mauvaise humeur. Parce que,
malheureusement, je ne peux pas me mettre

---

20. Konnichiwa *(en japonais) : bonjour (mot utilisé surtout*
*l'après-midi).*

en colère contre Bukko-*san*[21], le père de mon père, enfin bref, mon grand-père. Bukko est le chef de la famille Matsuda et on lui doit le respect. Surtout qu'il est terriblement vieux. Aujourd'hui, on fêtait ses 60 ans. Ah oui... faut que je vous explique ce qu'est le *kanreki*. Bukko-*san*, c'est traditions, traditions avant tout. Même celles que plus personne ne respecte, les Matsuda sont obligés de les suivre ! Déjà, pas question de se présenter chez mes grands-parents autrement qu'en kimono. Bon, ça, ce n'est pas ce qui m'embête le plus. Je suis très jolie avec mon kimono fleuri.

Là où j'ai nettement plus de mal, c'est pour me taire. Chez Bukko-*san*, les enfants ne parlent pas, ils écoutent les adultes. Les enfants n'ont pas d'opinion, ils font ce qu'on leur dit. Les enfants n'ont pas de goût, ils mangent ce qu'on leur donne ! Pour le

21. San *(en japonais)* : au Japon, on ajoute le mot -san *aux noms propres. C'est une formule de politesse.*

*kanreki*, on mange de la daurade, paraît que ça porte chance. Et moi, J'AIME PAS la daurade ! J'ai quand même le droit ! Eh ben, non ! J'ai pas le droit ! Et si je vous dis qu'il est très impoli pour les Japonais de ne pas finir son assiette jusqu'au dernier grain de riz, vous comprendrez ma douleur...

Je reprends : le *kanreki*. C'est une fête pour les vieux. Dans l'ancien temps, y a super longtemps quoi, on pensait qu'un cycle complet de vie durait soixante ans. C'est qu'on mourait jeune à l'époque. Alors on considérait que les personnes qui atteignaient l'âge de 60 ans recommençaient un nouveau cycle. C'est une seconde naissance, en quelque sorte. Si seulement c'était vrai... peut-être que mon grand-père vivrait enfin comme tout le monde, au XXI$^e$ siècle ! Pour l'occasion, on offre un gilet rouge, symbole de cette nouvelle naissance.

Ma famille s'est cotisée pour en acheter
un très beau en soie. Vous savez comment
Bukko nous a remerciés ? En remarquant
que le gilet n'était pas fait sur mesure !
Ça, encore, ce n'était pas très grave. Mais
on était à peine assis autour de la table que
Bukko et mon horrible tante Maho que
je déteste sont passés à l'attaque. Il n'y a pas
d'autres mots pour décrire la façon dont ils
s'en sont pris à mes parents. À cause de moi,
c'est pourquoi ça m'a fait autant de peine.
Mon grand-père n'a toujours pas digéré
que mon papa chéri ait refusé de lui obéir
en décidant de m'envoyer à l'Académie
Bergström. Les filles, elles doivent se marier
et rester à la maison pour s'occuper des
enfants, un point c'est tout. Et moi, je suis
partie dans un pays lointain et JE FAIS CE
QUE JE VEUX ! Mon pauvre papa n'osait
pas répondre. Il gardait la tête baissée.

Ma maman a posé sa main sur la mienne, discrètement. Elle voulait éviter que je ne dise quelque chose parce que ça aurait été encore pire. Alors je n'ai ouvert la bouche que pour avaler cette saleté de daurade. Et puis cet épouvantail à corbeaux qu'est ma tante Maho a lancé comme ça :

– Enfin, maintenant que Kumiko est rentrée, elle ne repartira pas, j'espère ?

C'est là que la tempête a éclaté. Vous vous souvenez du typhon sur l'île de Kyushu[22] ? À côté de la tornade Nijimi, c'était juste une petite brise. Nijimi, c'est le nom de ma maman. Elle qui est si douce et si gentille ! Eh ben ! J'ai découvert qu'il valait mieux ne pas la mettre en colère. Maho s'en est pris plein dans la figure, ce qui m'aurait beaucoup amusée dans d'autres circonstances. Je crois que ça devait faire un moment que maman avait envie de lui dire ce qu'elle

22. *Voir le tome 5 des Kinra Girls,* Destination Japon.

pensait d'elle. Tout est sorti d'un coup.
Et puis après, grand-père nous a demandé
de quitter sa maison. Très calmement.
Mais on voyait qu'il serrait les mâchoires
et que ses yeux lançaient des éclairs.
Et ma grand-mère... ah oui, j'ai oublié
de vous parler de ma grand-mère **Kiku**,
ce qui signifie « chrysanthème ». C'est facile
de l'oublier parce que c'est à peine si elle
existe dans l'ombre de Bukko-*san*. Kiku
se cache derrière ses mains quand elle rit,
ce qui ne lui arrive pas souvent, et elle prend
un air faussement modeste quand on lui fait
un compliment. C'est une femme japonaise
à l'ancienne.

Au moment où on partait, Kiku s'est levée
et s'est inclinée très bas devant maman.
C'est normal dans mon pays de saluer ainsi,
ça s'appelle *ojigi*. Ce qui n'était pas normal
du tout, c'était que Kiku s'incline avec

autant de respect devant maman ! J'ai
surpris le regard de Bukko, il était stupéfait.
Le message était clair : ma grand-mère
voulait que tout le monde sache qu'elle
était d'accord avec ma maman. Et ça, sans
prononcer un mot, ce qui est très fort
quand on y réfléchit... Ce n'est peut-être pas
grand-chose, mais ça m'a remonté le moral.
Ouf... je me sens un peu mieux maintenant
que je vous ai raconté cette affreuse
journée. J'ai encore mal dans mon cœur
à cause de mon papa. Il est triste depuis
qu'on est rentrés chez nous et maman
est bien embêtée. Elle s'est excusée pour
s'être emportée et papa a juste répondu
que ce n'était pas sa faute.
Je HAIS ma tante Maho.
*Konbanwa* (bonsoir, si vous préférez).

***

*Konnichiwa* ! Suite de l'histoire.

Les jours se suivent et ne se ressemblent pas ! Aujourd'hui, je suis de très bonne humeur ! Ce matin, j'ai beaucoup ri en croisant un Père Noël. Le Père Noël, ce n'est pas du tout dans la tradition japonaise. C'est pour faire marcher le commerce, évidemment, que les grands magasins engagent des gens pour se déguiser comme ça. J'ai pris une photo géniale du Père Noël avec, derrière lui, un groupe de moines bouddhistes qui passait par là. D'un côté, un gros bonhomme en rouge avec une longue barbe blanche et, de l'autre, des moines tout maigres avec des crânes rasés ! J'ai trouvé ça trop drôle. Cet après-midi, maman et moi avons attaqué le grand ménage. Au Japon, la fin de l'année est l'occasion de nettoyer, jeter, trier, réparer... la nouvelle année doit commencer avec une maison propre et en parfait état.

Le moment que je préfère, c'est quand on change les *Noren*. Les *Noren* sont des rideaux de tissu que l'on accroche au-dessus des portes d'entrée. Ils flottent comme des drapeaux. Ils servent à empêcher les mauvais esprits d'entrer (ils n'ont jamais empêché ma tante Maho de passer, malheureusement).

Il existe des *Noren* très décorés. Les nôtres sont simples, en coton de couleur.

Le moment que j'aime le moins, c'est quand on range ma chambre. Maman veut tout jeter et moi, je veux tout garder ! Ça ne m'ennuie pas de me séparer de mes vêtements trop petits ou de changer ma table de travail de place. Mais décrocher mes posters, mes lanternes en papier, mes dessins, mes photos ? Ah non, alors !

Me débarrasser de ma Boîte à N'importe Quoi
et des « n'importe quoi » qui ne rentrent
pas dedans ? Ah non, alors ! Maman dit
que je suis comme un écureuil qui entasse
des noisettes dans le creux d'un arbre.
J'entasse... jusqu'à ce que ça déborde.
Maman et moi, on est tombées d'accord :
je dois ramasser les objets qui traînent
partout et, si je ne trouve nulle part où
les caser, c'est la poubelle... Les empiler
sur les étagères ou les balancer dans le
fond du placard ne compte pas. C'est plus
dur que ça en a l'air, de ranger. Je ne me
suis pas trop mal débrouillée. Il n'y avait
qu'un petit tas de saletés (un réveil qui ne
marche pas, un poster qui ne me plaît plus,
quelques tubes de peinture inutilisables,
des feuilles de crépon déchirées, un
pinceau qui n'a plus que trois poils et
un bout de plastique vert qui vient d'un

jouet cassé et qui ne sert vraiment à rien).
Et soudain on a entendu une voix d'homme
qui venait du salon :

– *Ojamashimasu*.

C'est une formule de politesse que l'on
dit quand on entre chez quelqu'un et qui
signifie à peu près : désolé de vous déranger.
J'ai aussitôt reconnu la voix de mon grand-
père. Maman m'a ordonné d'attendre dans
ma chambre. Ce qui ne m'a pas empêchée
d'écouter, cachée derrière le panneau de
bois et de papier.

> – Il est de tradition, en décembre,
> de régler ses dettes et de rendre ce que
> l'on a emprunté, a dit mon grand-père.
> Je vous rapporte le plateau que vous
> aviez prêté à Kiku.

Maman l'a remercié et puis il n'y a plus eu
aucun bruit. J'ai eu peur et j'ai voulu voir
ce qui se passait. Je me suis avancée tout

doucement dans le couloir. Maman
était agenouillée, les mains et
le visage posés contre le sol.
C'est de cette manière
que l'on présente
ses excuses quand
on a fait quelque
chose de très grave.
On doit rester dans
cette position jusqu'à ce
que la personne offensée accepte de vous
pardonner. Et mon grand-père n'était pas
pressé... il a fini par accepter les excuses et
puis il est parti. Maman s'est relevée et elle
m'a vue. J'étais à la fois furieuse et très triste.

– Pourquoi tu as fait ça ? j'ai crié. C'était
humiliant !

– Parce qu'il y a plus important que sa
fierté, a répondu maman. Je ne veux pas
que ton père et Bukko-*san* soient fâchés

à cause de moi. Ton père mérite bien
un petit effort de ma part. Maintenant,
on peut commencer une nouvelle année,
sans rancune et sans colère.

Elle a ouvert les bras et je m'y suis réfugiée
pour pleurer. Ma maman est merveilleuse,
n'est-ce pas ? Je voudrais être aussi forte
qu'elle.

*Ake-mashite o-medetô gozai-masu*
(meilleurs vœux pour une bonne année).

**Kumiko,** qui promet d'essayer de corriger
son mauvais caractère. Y a du boulot, je sais.

# Chapitre 9

# Carte postale du Bénin

N aïma ne réussit jamais à trouver un ordinateur en état de marche. Alors, elle envoya une vraie carte postale du Bénin.

Okou, les KiNRA Girls !

J'ai mangé du rat.
On m'a mis un PYTHON autour du cou.
J'ai été attaquée par des babouins.
Mais je n'ai pas été piquée par les moustiques.
BISES Naïma

← BEURK!!

# VOCABuLAIRE

**Ake-mashite o-medetô gozai-masu**
(en japonais) : meilleurs vœux
pour une bonne année.

**Biryani** (en ourdou et en hindi) : plat indien
composé de riz avec des légumes,
du poulet, des noix et des épices.

**Brezel** (en allemand) :
genre de pâtisserie salée.

**Bunbulama** : nom d'un esprit faiseur
de pluie chez les Aborigènes.

**Bush** (en anglais) : végétation formée
d'arbustes et d'arbres isolés. En Australie,
cette végétation est très répandue.

**Casetas** (en espagnol) : cabines ou tentes
en toile souvent rayée.

**Chikki** (en hindi) : dessert indien.
Genre de caramel très dur fait avec
des cacahuètes et beaucoup de sucre.

**Christstollen** (en allemand) : pâtisserie aux fruits confits en forme de pain.

**Dangbé** (en fon) : python royal.

**Devonshire tea** : goûter typiquement britannique composé de thé, de scones et de confitures qu'on sert par exemple en Australie.

**Don't worry** (en anglais) : ne t'inquiète pas. No worry ! (en mauvais anglais) : pas t'inquiéter !

**Feria** (en espagnol) : fête locale annuelle en Espagne et dans le sud de la France, caractérisée par des corridas et des lâchers de taureaux dans les rues.

**Fon** : l'une des langues parlées au Bénin avec le français, le yoruba, le dendi, le bariba et le goun.

**Footy** : jeu australien. Sorte de mélange entre le foot et le rugby.

**G'day** (en anglais australien) :
contraction de good day, bonjour.

**Glühwein** (en allemand) :
vin chaud avec des épices.

**Guten Tag** (en allemand) : bonjour.

**Kanreki** (en japonais) : fête célébrée
pour le 60ᵉ anniversaire d'un homme ou
d'une femme. Les Japonais considéraient
autrefois que les personnes qui
atteignaient 60 ans recommençaient
un nouveau cycle. C'est une seconde
naissance, en quelque sorte.

**Kiku** (en japonais) : chrysanthème.

**Konbanwa** (en japonais) : bonsoir.

**Konnichiwa** (en japonais) : bonjour
(mot utilisé surtout l'après-midi).

**Kou abo** (en fon) : bienvenue,
« salut pour l'arrivée ». Le fon est
l'une des langues parlées au Bénin.

**Lebkuchen** (en allemand) :
petits pains d'épices.

**Mam** (en hindi) : mère, maman.

**Mama** (en fon) : grand-mère.

**Namasté** (en hindi) : je m'incline
devant vous. Formule de politesse
pour dire bonjour, au revoir,
bienvenue...

**Noren** (en japonais) : rideaux de tissu
que l'on accroche par exemple
aux portes d'entrée. À l'origine,
ils servaient à empêcher
les mauvais esprits d'entrer.

**No swimming** (en anglais) :
baignade interdite.

**Ojamashimasu** (en japonais) :
formule de politesse que l'on prononce
lorsqu'on entre chez quelqu'un
et qui signifie à peu près :
désolé de vous déranger.

**Ojigi** (en japonais) : salut
qui consiste à incliner le corps
face à son interlocuteur.
L'ojigi est utilisé pour remercier
ou s'excuser, par exemple.

**Okou** (en fon) : salut, bonjour.

**Pita** (en hindi) : père, papa.

**Poyittu varukiren** (en tamoul) :
au revoir.

**Ranger** (en anglais) : garde, guide.

**San** (en japonais) : au Japon, on ajoute
le mot -san aux noms propres.
C'est une formule de politesse.

**Sika** (en fon) : lundi.

**Sorgho** : plante graminée,
comme le blé et l'avoine,
avec laquelle on fait de la farine.

**Tintookies** : chez les Aborigènes,
ce sont les esprits des éléments.

Les Tintookies vivent dans le bush. Ils sont dans le feu, dans l'air que nous respirons, dans l'eau de la rivière et dans la terre sous nos pieds.

**Weihnachtsmarkt** (en allemand) : marché de Noël.

**Xo** (en fon) : aulacode (rongeur élevé pour être consommé en Afrique). Se prononce « Ho », avec un h très sonore et rauque.

**Yidaki** (en aborigène) : instrument plus connu sous le nom de didgeridoo. Le yidaki est fabriqué à partir d'un tronc ou d'une branche d'arbre que les termites ont creusé.

**Zansi** (en fon) : de *zan*, la nuit.

**Zémidjans (Zems en abrégé)** (en fon) : motos-taxis.

**Zosou** (en fon) : de *zo*, la petite saison des pluies, en septembre.

# LES RÉSERVES NATURELLES D'AFRIQUE

Naïma a la chance de visiter le parc national de la Pendjari, une des plus belles réserves de l'Afrique de l'Ouest, situé à 630 km de Cotonou, dans le nord-ouest du Bénin. Mais il y a une grande quantité de réserves et de parcs animaliers en Afrique. En Afrique du Sud, par exemple, se trouve le parc national Kruger, qui offre l'une des plus grandes réserves animalières d'Afrique.

Au cœur de ces parcs et réserves naturelles, il y a toutes sortes de végétaux et aussi beaucoup d'espèces d'oiseaux et d'animaux sauvages. L'emblème du parc national de la Pendjari est le guépard, mais environ 45 000 mammifères vivraient à ses côtés : léopards,

© iStock/Lucyna Koch

© Fotolia/Julie Favreau

hyènes, éléphants, hippopotames, antilopes, buffles, lions... Sans oublier la présence de reptiles tels que des crocodiles, des serpents, et même une tortue terrestre géante !

Ces endroits sont aménagés pour la circulation en voiture, et il est dangereux de descendre de son véhicule en dehors des endroits prévus. Il faut absolument respecter les règles de sécurité si on ne veut pas se faire attaquer par des babouins par exemple, qui peuvent parfois être agressifs... C'est pour cela que les parcs sont encadrés par des vétérinaires, des médecins, des guides, des gardes-chasse... afin que les visites soient, comme pour Naïma, un moment inoubliable !

© D.R.

# LE CODE MULLEE MULLEE

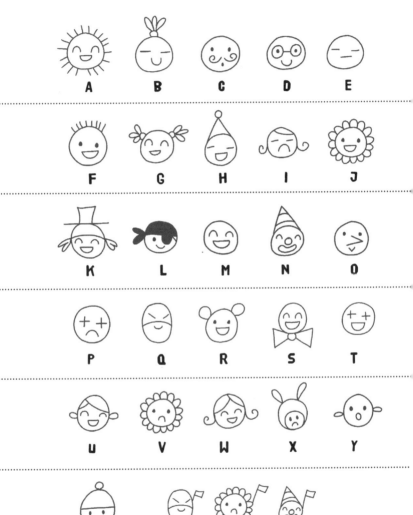

La présence d'un accessoire (drapeau, étoile, fleur...) indique le début d'un mot.

Au secours

Danger

Tout va bien

Bora = réunion secrète.

Borakawa = rendez-vous au moulin.

0% = attention, les pestes sont dans le coin.

faire un clin d'œil 2 fois de suite :
SUIVEZ-MOI !

Se tirer l'oreille :
ATTENTION ! Quelqu'un nous écoute !

Se gratter le haut du crâne comme un singe :
BORA

Tirer la langue en serrant le cou :
AU SECOURS ! J'ai été empoisonnée !

Se frotter le ventre avec une main,
l'autre main sur la hanche :
J'AI VU QUELQUE CHOSE D'INTÉRESSANT
(comme le chat fantôme ...)

Se mettre un doigt dans le nez :
PESTES EN VUE !

S'enfuir en courant :
UN CROCODILE ME COURT APRÈS !

# SUIS LES AVENTURES DES KINRA GIRLS

 **k**

 **i**

 **n**

 **r**

 **a**

 **1**

 **2**

 **3**

 **4**

 **5**

 **6**

 **7**

 **8**

 **9**

 **10**

 **11**

 **12**

 **13**

 **14**

 **15**

 **16**

 **+ 1 HORS-SÉRIE !**

# DÉCOUVRE AUSSI LES ACTIVITÉS CRÉATIVES DES KINRA GIRLS

Pour décorer
courriers et cahiers

Pour t'amuser
pendant des heures

Pour toute
l'année scolaire

À emporter
partout

Pour créer tes looks
préférés

Pour y écrire
tes secrets

Crée tes
bracelets brésiliens !

Une belle
boîte à garder
précieusement

# Lili Chantilly

## Lili Chantilly
### a 11 ans et rêve de devenir styliste...

Elle a une tonne d'idées, de l'or dans les doigts
et vient d'entrer en sixième à l'École Dalí.

Elle a un père grand reporter, qu'elle adore mais
qu'elle ne voit pas souvent. Une nounou aimante,
qui cuisine des plats marocains sensationnels.
Un ami pas ordinaire sur lequel elle peut toujours
compter. Et un grand vide dans le cœur,
parce qu'elle n'a jamais connu sa maman.

*Découvre notre Lili aussi drôle que têtue
et suis-la au fil de ses aventures...*

## Tome 1

Depuis toute petite,
Lili adore dessiner, créer
et veut devenir styliste.
Mais son père s'y oppose…

## Tome 2

Lili entre en sixième au collège Dalí,
une école d'art. Mais la rentrée
n'est pas de tout repos…

## Tome 3

Un défi est lancé à la classe de Lili :
organiser un défilé de mode !

## Tome 4

Lili passe beaucoup de temps
aux écuries, mais les pestes
ne la laissent jamais tranquille...

## Tome 5

Le père de Lili vient passer
quelques jours avec sa fille.
Mybel, de son côté, monte un clan
de style kawaï contre Lili...

## Tome 6

De drôles de bruits réveillent
les élèves de l'École Dalí
en pleine nuit...

## Tome 7

Lili est de retour chez elle...
où une belle suprise l'attend !

## Tome 8

La classe de Lili participe
à un concours d'art.

## Tome 9
À PARAÎTRE (septembre 2015)

Rejoins-nous sur
**www.lilichantilly.com**

ISBN : 9782809649437
Dépôt légal : janvier 2014.
Imprimé en Chine.

Loi n° 49-956 du 16 juillet 1949 sur les publications destinées à la jeunesse.

Textes et illustrations reproduits avec l'aimable autorisation de Corolle.

Mise en page : Isabelle Southgate.
Mise au point de la maquette : Cédric Gatillon.
Roc Édition & Multimédia pour la photogravure.

Nous tenons à remercier pour leur contribution à cet ouvrage :
M. Bellamy-Brown ; C. Bleuze ; J.-L. Broust ; G. Burrus ; S. Champion ;
N. Chapalain ; S. Chaussade ; A.-S. Congar ; M. Dezalys ; E. Duval ; M.-S. Ferquel ;
D. Hervé ; M. Joron ; A. Le Bigot ; B. Legendre ; L. Maj ; K. Marigliano ; A. Matton ;
C. Onnen ; L. Pasquini ; C. Petot ; C. Schram ; M. Seger ; V. Sem ; S. Tuovic ;
K. Van Wormhoudt ; M.-F. Wolfsperger.